zazie sorcière

La fête magique

Pour Beccy

R.I.

Pour Nichy-noo

K.M.

Titre original de cet ouvrage : *Magic Party*

Traduction : Juliette Stephens
ISBN : 2.218.75202.6
Dépôt légal : mai 2004

Imprimé à Hong Kong

zazie sorcière

La fête magique

Rose Impey ★ Katharine McEwen

HATIER

Zazie sorcière
Victor
Charlotte
Théodule
Globule
Ursule
Fripon

Halloween approche et Ursule et Théodule se préparent à faire la fête.

Zazie aimerait bien faire une fête, elle aussi.

– Mais bien sûr, ma petite sorcière chérie, lui dit maman, Fripon s'occupera du repas.

Zazie réclame donc tous
ses plats préférés.

Des montagnes de sandwiches aux asticots et à la confiture, des piles de pizzas à la limace et aux cornichons, une tour de flan de bave de crapaud, et un énorme gâteau multicolore.

C'est tout ?

Zazie prépare aussi une liste de jeux pour la fête.

Et des cadeaux à gagner, bien sûr ! Des sachets pleins de Frétillo Frites, de boules-de-gomme Kipik et de Dragiboums !

– Pourvu que personne ne tombe malade... dit Fripon.

Mais au moment de faire les invitations, Zazie ne sait vraiment pas qui inviter.

Pâquerette est vraiment
trop coquette.

Et Picpouille l'Embrouille fait trop
de chatouilles.

Loulou lui joue sans arrêt des tours...

Et Jacquot-le-Futé est le chouchou de la maîtresse.

– Papa, je n'ai pas d'amis, dit Zazie.
– Eh bien, organiser une fête est une bonne occasion pour s'en faire, répond Théodule.

Le jour de la fête arrive,
mais Zazie est sûre qu'elle ne
s'amusera pas.

Elle boude lorsque
Jacquot-le-Futé gagne toutes
les boules-de-gomme.

Elle grince des dents quand Picpouille triche à la pêche aux pommes.

Et quand Pâquerette
gagne aux balais musicaux,
Zazie est tellement furieuse
qu'elle fronce le nez...

... et fait disparaître le balai de Pâquerette !

Papa et maman lui demandent alors d'apporter le goûter et de rester bien sage. Mais Zazie a décidé de ne pas les écouter...

Et soudain, Pâquerette
se retrouve avec
une queue,

Jacquot-le Futé
avec des oreilles
de lapin,

Picpouille se met
à cracher du feu,

et Loulou à survoler le salon !

Papa et maman hésitent à tout arrêter...

... mais tout le monde s'amuse tellement !

– Tu es maligne, dit Jacquot-le-Futé.
– J'aimerais bien être une sorcière comme toi,
dit Pâquerette.

Même Picpouille invite Zazie à venir goûter chez lui, le mercredi suivant.

À la fin de la fête, Fripon vérifie que chacun rentre chez lui normalement.

Enfin, presque...

– S'il te plaît, laisse-moi la garder encore un peu, supplie Pâquerette, jusqu'à lundi seulement.

– Bon, d'accord, répond Zazie.

Pâquerette lui saute au cou : tu es ma meilleure amie du monde ! lui dit-elle en la serrant dans ses bras.

Collectionne les aventures de Zazie sorcière

- ❏ Le dragon abandonné
- ❏ Gare aux grenouilles
- ❏ Le balai d'anniversaire
- ❏ La fête magique
- ❏ La dent de lait
- ❏ Le sort de Bon Rétablissement
- ❏ Les Crapouilles
- ❏ Zazie fait disparaître le bébé